RÉPONSE

A LA SECONDE LETTRE

DE M. LE COMTE DE MOSBOURG,

SUR

LE REMBOURSEMENT DES RENTES,

PAR H. G. DELORME, du Cher.

> En 1755, *pendant l'administra-*
> *tion sage et vraiment patriotique*
> de M. Pelham, ministre anglais,
> on réduisit l'intérêt de la dette pu-
> blique de 4 à 3 pour 100.
> On offrit aux créanciers leur rem-
> boursement, s'ils n'aimaient mieux
> consentir à la réduction de l'intérêt.
> *Adam Smith*, tom. 4, p. 498.

A PARIS,

Chez DELAUNAY, LIBRAIRE, Palais-Royal,
GALERIE DE BOIS;
Et chez Anth'. BOUCHER, IMPRIMEUR-LIBRAIRE,
RUE DES BONS-ENFANS, N°. 34.

1824.

RÉPONSE

DE M. LE COMTE DE MOSBOURG,

LA REMBOURSEMENT DES RENTES.

———————

MONSIEUR LE COMTE,

Vous faites preuve d'une trop grande modestie quand vous mettez en doute votre influence sur les opinions en matière de finances. On n'a point oublié que vous avez été Ministre d'un État voisin; et certes quelle autorité plus puissante pourrait faire effet sur des esprits peu accoutumés à des discussions de ce genre? Je me permettrai cependant de vous opposer mes faibles moyens, afin de détruire les impressions fâcheuses que pourraient produire encore votre seconde lettre sur la réduction de la rente.

Vous avez pensé qu'en jetant du doute sur le succès de l'opération, ce serait une arme puissante pour les adversaires du projet, et vous vous em-

pressez de faire passer dans leur esprit cette in-
certitude : heureusement que ceux qui vous li-
ront attentivement, trouveront dans votre lettre
le remède à l'inquiétude que vous leur don-
nez, puisque vous voulez bien accorder 600
millions de crédit aux maisons de banque qui se
sont réunies pour assurer le succès de l'opération.

Avec un tel crédit (qu'on doit supposer néan-
moins plus considérable), tout homme de bon sens
jugera que le Ministre de nos finances n'a négligé
aucun moyen pour que le remboursement se
fît journalièrement à ceux des rentiers qui pré-
fèreront un autre placement.

Mais, M. le Comte, s'il restait le moindre doute
sur le succès de l'opération, ce serait par votre
opinion même que je serais plus que persuadé que
vous présentez des chimères pour le seul plaisir de les
combattre; car vous dites, page 23 de votre
deuxième lettre :

. Ces grandes maisons de banque, *coalisées,*
transportent avec facilité les plus grandes valeurs
d'un pays à l'autre, et produisent, à leur gré,
l'abondance des capitaux. Si vous avez une telle
opinion de la force du levier de ces commission-
naires d'espèces , comment pouvez-vous douter *du*
succès de l'opération ? Avouez, M. le Comte, que
si vous avez cru trouver dans le rapport de Son Excellence et dans celui de M. Masson, quelques
contradictions, au moins ne sont-elles qu'apparentes

et sans la moindre réalité ; seulement cette apparence a donné des moyens pour déraisonner sur un système qui vous contrarie, sans aucun motif pour le bien public.

Il est fâcheux de ne pas rencontrer plus de loyauté dans une discussion qui est d'un si grand intérêt pour la société. Je vous avoue même qu'il m'est infiniment pénible de continuer cette réfutation, parce que ma franchise répugne à combattre des sophismes sur une matière aussi positive que celle des finances.

Vous nous présentez cette mesure comme contraire aux principes d'économie politique et aux calculs de finances.

Pour appuyer, par une démonstration, votre proposition, vous dites: si, en 1817, on eût vendu 3 millions de rente, on aurait reçu 30 millions de capitaux, comme à la même époque on vendit 5 millions de rente 50 millions ; et comme on se serait engagé à rendre pour l'un et pour l'autre 100 millions, il est évident qu'un placement à un intérêt de 3 pour 0/0 est plus désavantageux que celui fait à 5 pour 0/0.

Je défie l'homme le plus habile en finances, de comprendre ce que vous entendez par un intérêt plus désavantageux à 3 pour 0/0 qu'à 5 pour 0/0 ; quant aux routiniers les plus stupides, ils seront convaincus que M. le Comte divague pour le seul plaisir de nous donner des énigmes à deviner.

Pour moi, je lui dirai franchement qu'il fait confusion des intérêts pour un capital prêté, avec une rente vendue par le Gouvernement; cette rente n'étant point un intérêt d'un capital connu, mais bien seulement une marchandise qu'on vend au cours de la place; et certes, si on eût vendu, en 1817, 3 millions de rente au lieu de 5 millions, il était tout naturel qu'on les vendît deux cinquièmes de moins; mais aussi il fût arrivé que dans la même proportion, les 3 millions de rente eussent représenté 60 millions, comme 5 millions de rente représentaient 100 millions, parce que 30 est à 60 ce que 50 est à 100 francs.

Si les acheteurs vous eussent fait l'obligation de rembourser 100 francs pour les 3 pour 0/0 que vous leur eussiez vendus, c'est qu'en ce temps votre crédit eût été encore plus bas qu'il n'était. Avec de telles propositions faites à plaisir, on doit nécessairement arriver à une solution convenable à ses desseins. Mais quel rapport pourrait-on trouver entre 3 millions de rente vendus en 1817 30 millions, et la même rente vendue en 1824 75 millions, si ce n'est que par l'intelligence de notre administration actuelle, notre crédit est arrivé à sa plus grande prospérité? *Voilà tout ce que prouve votre démonstration.*

Nous tirerons aussi la conséquence que la vente de nos rentes 3 pour 0/0, à 75 fr., équivalant à la proportion de 125 francs pour 5 pour 0/0, a été l'opération la plus utile comme la plus habile qui ait été conçue depuis des siècles.

Elle est utile, parce qu'elle forcera les 20 millions de nos rentes placés par les départemens, à retourner à l'agriculture et au commerce ; elle est habilement conduite, parce que Son Excellence a dû éprouver de grandes difficultés à réunir les banquiers les plus puissans de l'Europe, pour se rendre les garans de la réussite de ce revirement de rentes, à un prix plus élevé que celui du cours.

L'habileté de cette mesure consiste encore à faire travailler la caisse d'amortissement au-dessus de 75 francs, sur les bénéfices de 28 millions acquis par la réduction des rentes ; tandis que lorsque l'amortissement opérera au-dessous de 75 fr., ce sera avec bénéfice pour le Trésor.

Et parce que M. de Mosbourg ne veut pas comprendre l'avantage de ce système, parce que peut-être même a-t-il un intérêt particulier à ce qu'il soit abandonné, devrons-nous, de confiance à ses lumières, le rejeter? Je ne le pense pas.

Pour appuyer ses démonstrations, il cite *le docteur Price*; mais nous lui opposerons l'autorité du ministre anglais Pelham, qui réduisit, pendant son administration, l'intérêt de la dette publique *de 4 à 3 pour o\po, en offrant aux créanciers leur remboursement, s'ils n'aimaient mieux consentir à la réduction de l'intérêt.* (*Adam Smith*, tome IV, page 496.)

Probablement qu'alors les Anglais ne savaient pas que de payer 1 pour 100 de moins par an, serait un désavantage au trésor; il est probable qu'ils ne le croient pas encore, puisque nous voyons une réduction pareille s'opérer chez eux dans le même temps que nous proposons la même mesure.

Vous prétendez, M. le comte, que bientôt la rente sera au pair, et vous élevez cette proposition pour nous prouver que le trésor perdra quinze cent millions. Veuillez lire la réponse que j'ai faite à votre première lettre, et vous reconnaîtrez que votre crainte ne se réalisera pas.

Mais, si ce pair arrivait, ce serait alors qu'on reconnaîtrait toute l'habileté de M. de Villèle; ce serait alors que *les détracteurs intéressés* de la mesure, rougiraient de honte d'avoir réuni tous leurs moyens pour en empêcher l'adoption.

Le pair arrivant, l'intérêt serait à 3 pour 100; ce serait à ce taux que tous les emprunts du Gouvernement se feraient, c'est-à-dire, que pour trois millions de rente, il recevrait cent millions; ce serait alors que les particuliers auraient de l'argent à 3, 3 et demi et 4 pour 100; car les particuliers ne doivent trouver des emprunts qu'à un taux supérieur de 1 pour 100 au Gouvernement, dans les temps tranquilles. (*Adam Smith.*)

Ce serait alors que notre commerce pouvant disposer de grands capitaux à un intérêt égal à celui de la nation la plus commerçante, pourra se présenter sur tous les marchés du monde avec une égalité d'avantages.

Vous nous montrez un milliard de perte pour le trésor : mais fût-il vrai que le milliard fût perdu pour les contribuables, les avantages que je viens de présenter seraient une compensation plus que suffisante pour qu'ils reconnussent que cette mesure aura plus contribué à leur prospérité que ce milliard, soi-disant perdu, dont on nous fait un épouvantail.

Mais ce milliard n'est point perdu pour le trésor. En voici la preuve :

La caisse d'amortissement achète au pair trois millions de rente............... 100 millions.

La création est de........... 75 millions.

Perte éprouvée par l'amortissement 25 millions.

Qu'on se rappelle que la réduction a produit 28 millions, et on aura la conviction, que, même la rente montée au pair, fait encore gagner au trésor 3 millions par an (1).

Mais direz-vous, ce sont les rentiers qui ont perdu, puisque vous avez réduit la rente de 28 millions? Non, vous répondrai-je, parce que les rentiers pouvant vendre, selon vous, leurs rentes

_____

(1) Un fait incontestable est seulement que l'amortissement de toute la dette sera retardé.

au pair, récupéreront alors en capital le cinquième qu'ils auront perdu annuellement.

Exemple : Un rentier possède une jouissance de 150 fr. au capital de 3,000 fr.; par la nouvelle loi, il échange son capital contre quarante obligations de 100 fr., capital 4,000 fr.

On lui paie annuellement 120 fr.

Perte annuelle de jouissance, 30 fr.

S'il vend au pair, il reçoit 1,000 fr. de plus que le capital primitif qu'il a déboursé.

Si donc dans un délai de vingt - cinq ans la rente est montée au pair, il recevra en capital ce qu'on lui aura retenu en intérêt.

Si ce pair arrive dans un délai de douze ans, il recevra en capital le double de la retenue annuelle de son cinquième ; et plus enfin, si *ce bienheureux pair* nous arrive dans un très court espace de temps, c'est alors que banquiers, rentiers, petits et grands, les contribuables et le trésor, tous gagneront.

Voilà la preuve matérielle que Son Excellence M. le comte de Villéle n'en a point imposé par son rapport; ce que j'avance en est une preuve tellement vraie, que je défie les plus intrépides antagonistes de la mesure de me contredire.

Mais, direz-vous, qui donc paiera la différence de 75 à 100 fr., terme du dernier taux et le plus élevé ? Ce seront les capitalistes et les producteurs de toutes les espèces qui achèteraient nos rentes

à la hausse, plaçant leurs épargnes et les rembour-
semens des fonds anglais sur nous.

Les rentiers stationnaires n'ont donc rien à re-
douter de la mesure; car la prospérité de la France
commerciale ou agricole, divers établissemens se-
condaires qu'on pourra créer, produiront un peu
plus tôt ou un peu plus tard le niveau des capitaux avec ceux des autres peuples; nous arriverons
au pair; et alors les rentiers se récupéreront de
la retenue qu'on va leur faire.

S'ils vendaient au-dessous de 75 fr., c'est en ce
cas qu'ils éprouveraient une perte réelle; ainsi, leur
intérêt bien entendu, est de rester attachés à la
rente, afin que la hausse s'opérant plus rapidement, ils reçoivent en capital par des ventes suc-
cessives faites en temps utiles, la différence du
cinquième de retenue qu'ils éprouveront.

Pour mieux les convaincre, je leur présen-
terai pour exemple la base ci-devant adoptée
de.................... 150 fr. de jouissance.

Au capital de.................... 3,000 fr.
Réduits en jouissance à.. 120 fr.

Perte................ 30 fr.
Ayant reçu quarante obligations
en échange, donne au total........ 4,000 fr.

Nous vendons en 1826 nos quarante obligations
à raison seulement de 76 fr., et nous récupérons
en ce cas nos 30 fr. de retenue; plus, 10 fr. de béné-

fice. Ainsi chaque franc dont le capital de la rente pourra s'élever annuellement, produira au rentier la rentrée de la retenue faite par le système actuel, et 1/4 en sus. Qu'on ne vienne donc plus nous dire: les rentiers seront lésés. Oui, ils le seraient si, obéissant à vos perfides conseils, ils se portaient en foule pour vendre ; parce qu'alors la baisse serait si grande, qu'aucune force humaine ne pourrait l'arrêter. Mais mieux conseillés par leurs habitudes, par leurs inclinations et par un instinct de conscience qui leur dit que la loi qu'on leur impose est juste, ils seront sourds à toutes les suggestions; ils considéreront, sous son véritable point de vue, le système nouveau qui devient pour eux une espèce de caisse d'épargne qui réunit annuellement la retenue du cinquième au capital.

Que peuvent donc nous présenter d'aussi favorable à toutes les positions, à toutes les circonstances politiques et financières, les autres projets? Je n'hésite pas à prononcer; il n'est rien qui puisse lui être opposé.

Quoique j'aie reconnu la possibilité que la rente puisse arriver au pair, je l'ai fait pour détruire seulement l'impression que pourraient éprouver les contribuables par la crainte d'une perte de 15 cent millions, et pour résoudre aussi toutes les difficultés qui sont présentées par M. de Mosbourg; car je suis loin de reconnaître aucune précision dans les rapprochemens qu'il fait de l'état de nos finances en

1817, et celui où nous nous trouvons en 1824.
Je dirai même qu'il ne peut y avoir aucune simili-
tude. En voici le motif :

Quand une marchandise est au-dessous du niveau qui lui est assigné par la nature des choses ou
par sa valeur intrinsèque, elle tend à s'élever.
En 1817, la marchandise que nous appelons rente,
se vendant 50 fr., pour recevoir 5 fr. de rente,
était aussi basse que possible, puisqu'elle rendait
aux acquéreurs 10 pour 0/0; elle devait donc mon-
ter rapidement.

En 1824, en vendant nos 3 pour 0/0 à 75 fr.,
qui nous représentent 125 fr. pour 5 pour 0/0 de
rente, elle est, à 1 pour 0/0 près, au niveau le
plus bas où l'intérêt puisse arriver; d'où il résulte
qu'une hausse rapide jusqu'à 100, est difficile,
je dis plus, impossible de long-temps. Une comparaison plus vraie, plus positive que celle présentée
par M. de Mosbourg, est celle des 3 pour 0/0 anglais, ils sont à 96 fr.; mais cette nation a des
moyens fictifs de circulation par des banques qui sont
inconnues parmi nous ; ses moyens financiers sont
bien supérieurs aux nôtres. Il existe parmi eux un
esprit public qui les réunit pour soutenir les intérêts communs. Eh bien, avec tous ces puissans le-
viers opérant sur le crédit, ils ne sont point encore
au pair, et vous voudriez que les nôtres y arri-
vassent *très prochainement!*..... Non, M. le Comte,
vous ne le pensez pas, et si vous pouviez le croire,

ma comparaison, plus juste que la vôtre, vous désabuserait complètement. Vous voyez que je ne repousse pas votre démonstration *par des ambi-guités, des énigmes que personne ne comprend,* mais bien par un rapprochement de faits positifs que tout le monde peut apprécier.

Orages politiques prévus par M. de Mosbourg.

Il décide qu'il serait impossible de déterminer *la baisse qu'éprouveraient nos 3 pour 0$\jmath$0 dans un état de guerre.*

On pourrait lui objecter qu'il serait tout aussi impossible de déterminer à quel taux descendraient nos 5 pour 100 ; mais puisqu'il veut bien nous assigner une proportion, et qu'il la fixe à 50 fr. pour nos 3 pour 100, nous nous permettrons alors d'exprimer toute notre satisfaction pour l'auteur du nouveau système, attendu que M. de Mosbourg, son plus fort antagoniste, nous en démontre dans les temps les plus difficiles toute l'efficacité ; car si pour 3 millions de rente le Gouvernement reçoit 50 millions, il aura gagné deux cinquièmes de différence sur les emprunts faits en des temps aussi difficiles, c'est-à-dire en 1816, puisque alors il ne reçut que 50 millions pour 5 millions de rente qu'il vendit à cette époque.

Après ce rapprochement, comment reconnaître quelque sincérité dans la lettre de M. de Mosbourg, qui veut nous persuader (page 13) que la meilleure manière de faire des emprunts n'est pas *sur un taux d'intérêt bas*, d'où probablement il doit conclure que l'emprunt le plus avantageux sera celui fait sur le taux de l'intérêt le plus élevé ?

Tous ces faux raisonnemens n'ont d'autre but que de nous présenter *le désespoir des rentiers ruinés par la chute de notre crédit*. Mais les rentiers seraient-ils donc moins malheureux, parce que la baisse s'opérerait sur des rentes de 5 pour 100, que sur 3 pour 100 ? Ce n'est donc pas le système qui serait la cause de leur affligeante situation, mais bien seulement les circonstances sinistres que M. le Comte redoute, et qui, heureusement, ne se réaliseront point, parce que la prudence de notre auguste Monarque, son amour pour son peuple, nous conserveront la paix que nous avons acquise avec tant de gloire et tant de sacrifices.

Puisse le Dieu protecteur de la France éclairer les rentiers sur leur véritable intérêt, en leur inspirant le désir de concourir au maintien de notre crédit public, par une confiance entière au nouveau système adopté par le Gouvernement, et l'auguste descendant d'Henri IV aura la gloire d'avoir consommé le vœu le plus cher de ce bon Roi, celui de rendre son peuple heureux !

CONCLUSIONS.

Comme M. de Mosbourg, je termine enfin *une tâche pénible*, avec cette différence, que, loin de considérer *la conversion de nos rentes comme un malheur public*, je suis au contraire convaincu que cette mesure aura les conséquences les plus heureuses sur notre prospérité commerciale, agricole, et sur le crédit public; je suis persuadé aussi qu'elle marquera dans notre histoire financière, en immortalisant le Ministre qui l'a conçue, et qui a eu assez d'énergie pour la faire exécuter.

Je ne suivrai point M. de Mosbourg dans sa langue de chiffres, parce que je crois avoir assez démontré que tout l'étalage de ses tableaux ne prouve rien, s'ils ne sont précédés de propositions vraies.

Quant à ce que dit encore M. de Mosbourg sur l'amortissement, je me bornerai à le prier de lire ma Réponse à sa première Lettre; il se convaincra de tout le vice du système d'un amortissement pour fixer la rente au pair.

J'ai l'honneur d'être avec la plus haute considération,

H. G. DELORME, DU CHER.

IMPRIMERIE ANTHE. BOUCHER, RUE DES BONS-ENFANS, Nº 34.

www.ingramcontent.com/pod-product-compliance
Lightning Source LLC
Chambersburg PA
CBHW061436170626
46811CB00005B/2296